LE PROCÈS

DE

LA REINE D'ANGLETERRE.

IMPRIMERIE DE FAIN, PLACE DE L'ODÉON.

L'roi répond, c'est des bêtises ;
Faut qu'on connaiss' vos sottises,
Et que le fameux sac vert
D'vant tout l'monde soit ouvert.

LE PROCÈS

DE

LA REINE D'ANGLETERRE,

raconté

Par Jérome l'Éveillé,

Fort de la Halle à Paris.

POT-POURRI.

QUATRIÈME ÉDITION.

A PARIS,

Chez Cadet Butteux, à la Halle,

et chez tous les Marchands de Nouveautés

de l'Europe.

1820.

LE PROCÈS

DE

LA REINE D'ANGLETERRE.

Air : De la parole.

Depuis le jour oùsque Cadet,
En contant à ma parsonnière,
Me fit une queue sur l'toupet,
L'sommeil avait fui d'ma paupière ;
Désolé d'êtr' du régiment
Qui porte un uniforme jaune,
Je m'lamentais à tout moment,
Quand j'lis dans l'journal, heureus'ment,
Qu'j'ons un compagnon (*bis*) sur le trône.

Air : Cocu, cocu, mon père.

Ce glorieux confrère,
C'est le roi d'Angleterre,
Tout l'monde est convaincu
Qu'un courrier l'a fait cocu.
Y a mieux : c'est qu'on ajoute
Qu'lui qui n'veut pas qu'on doute
De c'grand événement,
A dit à son parlement :
Cocu ! cocu ! J'espère
Que le roi d'Angleterre
Verra punir l'affront
'Que l'on a fait à son front.

Air : Des pendus.

A ces mots, chaqu'pair stupéfait,
Dit soudain : *Goddam !* quel forfait !

Que celle qui l'a commis tremble !
L'roi cocu ! Qui se r'semble s'assemble ;
Assemblons-nous donc à l'effet
D'savoir comment la rein' l'a fait.

Air : Au clair de la lune.

Quand la reine arrive,
Et qu'elle apprend c'ci ,
All' dit : Faut qu'j'écrive
A m'sieur mon mari.
Je m'donn'rai d'la peine,
Mais , n'y a pas d'bon Dieu,
J's'rai catin z'ou reine ,
Il n'y a pas d'milieu.

Air : Silence ! silence ! silence !

L'bâtiment est à peine à l'ancre ,
Qu'la princesse écrit, d'la bonne encre ,
Un'lettre d'plus d'quatr'pag', ma foi,
Oùsqu'all' commenc' par dire au roi :

Air : N'y a que Paris, N'y a que Paris.

L'jour de nos noc's, tout l'mond' sait ça,
Vous étiez ivre de tendresse ;
Mais, hélas ! depuis ce jour-là
J'ai vu, souvenir qui me blesse !
Que vous deveniez, ô mon roi,
Chaqu'soir plus saoul, plus saoul de moi. (*ter.*)

Air : Votre fortune est faite.

Un princ' qui règne en Angleterre
Doit-il écouter les cancans ;
Obtiendrez-vous d'mon adultère
Des témoignages convaincans ?
Qui vous dira,
Vous prouvera
Que dans tel lieu j'ai fait ci, j'ai fait ça ?
Au nom d'tous deux,
Ouvrez les yeux

Sur ce procès ignoble et scandaleux ;

Il n'produira rien d'bon en somme :

N'tentez pas c'ridicule essai ;

Je suis honnêt' femme , aussi vrai

Qu'vous êtes un grand homme.

Air : L'amour ainsi qu'la nature.

L' roi répond : C'est des bêtises ;

Faut qu'on connaiss' vos sottises,

Et que le fameux sac vert

D'vant tout l'monde soit ouvert.

A la guerr' c'est trop sans doute

Que l'on m'ait battu souvent ;

Je n'prétends pas qu'on ajoute

Que j'suis cocu zet content.

Air : Jeunes filles, jeunes garçons, *ou* de La Nature.

Le jour où l'parlement s'ouvrit,
Dans la cité quelle cohue !   (*bis*)
Mais l'plus amusant c'est qu'on hue
L'vainqueur d'Mont-Saint-Jean, à c'qu'y dit.
La chambre est si peu large ,
Qu'on s'fourr' dans tous les coins ;
    Les femm's voudraient au moins
    Entrevoir les témoins
      A décharge.

Air : A la façon de Barbari mon ami.

On fait silence et dans l'instant,
Sans qu'la rein' soit honteuse ,
On lit des chos's qui f'raient pourtant
Croir' qu'c'est un' bambocheuse.

S'il est certain qu'en tous pays,

Tromper les maris

Fut toujours permis ;

C'lui-ci ne l'fut pas à demi,

Biribi,

De la façon de Bergami,

Mon ami.

Air : Du Vaudeville de Partie carrée.

Ce Bergami s'trouvait près d'la voiture,

Lorsqu'à Milan la princess' voyageait ;

All' l'examine, et voyant sa carrure,

C'garçon, dit-ell', peut remplir mon objet :

Que je le mette ou devant ou derrière,

Il est solide, et je voudrais enfin

Courir la poste une nuit toute entière,

Qu'il n'rest'rait pas en ch'min.

Air : Il me faudra quitter l'empire.

On pense bien que l'pauvre diable,
Qui d'la fortune avait été le jouet,
Quand il se vit dans ce poste honorable ,
Fit joliment claquer son fouet.   (*bis*)
Avec la rein', dans son orgueil extrême,
Il prend d'abord certaine liberté;
Bientôt après, ô crime détesté!
Le polisson ne respecta pas même
Le sanctuair' d'la légitimité.

Air : De Calpigi.

C'est du moins c'que dis'nt les ministres,
Qu'on voit avec leurs faç's sinistres ,
Interroger chaque témoin
Qu'ils ont fait venir d'assez loin.   (*bis*)
Mais sitôt qu'on les interpelle ,
D'ces témoins la mémoir' chancelle;
L'seul point qu'aucun n'ait oublié,
C'est qu'il doit être bien payé.

Air : De la Soirée Orageuse.

C'qui fit naître l'premier cancan,
C'est lorsque l'on vit la donzelle,
D'un laquais faire un chambellan :
Comm' si c'était un' chos' nouvelle.
D'Bergami les ordres brillans
De tous ces débats sont la cause ;
Comm' si les croix et les rubans
Prouvaient aujourd'hui quelque chose.

Air : De la Catacoua.

On poursuit l'interrogatoire
Des témoins qui, ben gravement,
Découvrent à tout l'mond' l'histoire
De la reine et de son amant.
N'craignez pas que l'parlement rie ;
Par les lords,
Les nobles mylords,

Des cuisiniers,

Des palfreniers,

Des postillons

Sont pressés de questions;

Ceux surtout qui vienn'nt d'Italie,

On les r'tourn' de tout' les façons.

Air : Ma commère, quand je danse.

L'un d'eux prétend qu'à la danse

N'y a pas d'Turc qu'all'ne lass'rait;

Et que pour la contredanse

L'courier était ben son fait.

D'après c'témoin il paraîtrait

Qu'avec un' rein' quand on danse

Faut être ferme... du jarret.

Air : Nous nous marierons dimanche.

C'est d'la farc', *goddam !*

Dit monsieur Brougham,

Qu'est l'défenseur d'l'innocence;

Quand la rein' dans'rait

Ça prouv'-t-il qu'alle ait

Commis la grosse indécence?

D'un tel cancan

Un' rein' se scan-

      dalise ;

Personn' n'y a

Vu faire la

      sottise.

Sûre de son fait

Alle a du toupet,

Et c'est là c'qui vous défrise.

Air : Mes chers amis, pourriez-vous m'enseigner?

Malgré l'sac vert

On n'a rien découvert :

Dans quel embarras l'roi se trouve !

Que Bergami

Sur le dos ait dormi,

Encor' un' fois qu'est-c'que ça prouve?

C' n'est là que des rébus

Qu'on a pour du quibus ;

Si les témoins n'ont vu que ces vétilles,

Laissant des débats superflus,

L' procureur-général n'a plus

Qu'à prendre son sac et ses quilles.

Air : Contentons-nous d'une seule bouteille.

De c'procès-là je n'puis m'empêcher d'rire :

Soyons cocus puisque c'est notre lot ;

Je me souviens d'avoir entendu dire

Qu'en pareil cas le bruit est pour le sot.

Comm' roturier, sans dout', je n'suis qu'un' bête ;

Et ce grand roi pense probablement

Quand il aura des cornes sur la tête ,

Que sa couronn' tiendra plus solid'ment.

FIN.

www.ingramcontent.com/pod-product-compliance
Lightning Source LLC
LaVergne TN
LVHW051136060726
842526LV00006B/2081